KB214114

# 엄마만의 방

# 엄마만의 방

김그래 글·그림

유유히+

# 넉넉히 들어주는 사람

하고 싶은 말이 많아서 말을 잘하는 사람이 되고 싶었던 20대의 어느 날, 문득 듣는 사람을 발견했다. 대화하는 동안 다음 할 말을 생각하느라 들썩이는 게 아니라, 상대방의 말을 끝까지 집중해서 듣는 사람. 진심으로 끄덕인 뒤 꼭 맞는 질문을 던지는 사람. 모두가 청자보다는 화자가 되고 싶어 하는 가운데 기꺼이 청자가 되는 사람이 멋져 보였다. 넉넉히 들어주는 이들 덕분에 누군가는 마음껏 말하는 사람이 될 수 있었다.

엄마는 언제나 경청하는 사람이었다. 식탁에 마주 앉은 그에게 시시콜콜한 이야기 혹은 한숨이 나오는 고민을 말할 때면, 그는 나를 쉬이 판단하거나 성급한 충고를 건네지 않았다. 사랑하기 때문에 걱정스럽고 이미 겪어본 시절이라 말을 더 할 법도 한데 그때마다 그는 결론 지어진 말 대신 질문을 던졌다.

"그때 기분이 어땠는데?"

"그게 왜 재미있었어?"

"상대방은 어떻게 생각하는 것 같아?"

질문에 하나씩 답하다 보면 종종 나도 몰랐던 내 마음을 발견했다. 불안이 깨끗이 사라지거나 사건이 해결되지는 않더라도 그와의 대화 덕에 마음이 한결 가벼워지곤 했다. 나에게뿐 아니라, 엄마는 늘 곁에 있는 사람들에게 고루 넉넉히 귀를 열어두는 훌륭한 리스너였다.


그런 그는 어디에서 자기 이야기를 할까. 마르지 않는 샘처럼 계속해서 할 말이 생기는 나와 달리, 많이 말하지 않아도 괜찮은 사람인걸까. 그럴 수 있을까.

"엄마는 누구한테 자기 얘길해?"

머리속에서 내 질문을 천천히 굴려보던 그는 믿음이 가는 사람 몇몇한테 말한다고 했다. 이 말을 해도 될지, 나중에 문제되진 않을지 생각하며 그마저도 가려 말한다고. 내내 들어주기만 하다가 상대방에게 자신의 의견을 처음 꺼내보았는데, 상대가 오히려 더 힘들어하는 걸 본 적 있다고 했다. 걱정으로 한 말이 언제나 그대로 닿을 수 없다는 것, 또 아무리 가까워도 그 사람을 다 알 수는 없다는 사실을 배웠다고.

스무 살도 안된 나이에 상경한 그는 어지러운 서울에 적응하고자 매일 전쟁 같은 날을 보냈다. 그 시간 동안 수많은 관계를 겪어내고 지금의 그가 되었다.

"정을 안 주려고 하게 돼."

살다 보면 정을 나누어도 의지와 상관없이 끊어지는 인연이 있다. 서운해하지 않으려는 다짐일 텐데 '정을 안 주게 돼'가 아니라 '정을 안 주려고 하게 돼'라니. 여전히 정이 많은 그가 그 마음을 애써 참으려 하는구나, 상처받고 싶지 않아서 체득한 방법이구나 짐작했다.

최소한 실수할 일은 줄어드니까 듣는 쪽이 되었다는 그의 말에 외로운 시간을 혼자 도닥였을 엄마를 떠올렸다. 내 눈썹 끝이 아래로 처지려고 할 때쯤 그는 덧붙였다.

"그렇지만 고마운 일도 분명 있었어. 처음 상경했을 때는 나도 언니들에게 하소연 많이 했었거든. 그럴 때 누가 들어주는 것만으로도 마음이 괜찮아졌어. 나도 그런 사람이 되어주고 싶더라."

어린 엄마는 고단한 시간을 보내며 타인과 거리 두는 법을 알아가면서도, 자신의 이야기를 가만히 들어준 사람들 덕분에 느슨한 사랑을 함께 배우며 자란 듯했다. '삶은 배움의 연속'이라는 낡은 말에 나는 언제나 고개를 끄덕일 수밖에 없다. 엄마가 함께 일하던 언니들에게 배운 것처럼, 나도 그를 통해 좋은 청자는 유창한 화술보다 상대를 아끼는 마음으로 대하는 게 우선임을 배웠다.

이따금 내 앞에 놓인 삶이 막막하게 느껴질 때면 나보다 좀 더 살아본 언니들을 바라본다. 그들이 일궈나가는 삶을 내 미래에 붙여보며, 어려움을 헤쳐 나갈 혹은 살아갈 용기를 얻곤 했다. 엄마가 50이 넘은 나이에 베트남으로 일하러 떠난 것도, 그곳에서 자기만의 방을 가지고 오롯한 삶을 꾸려나가는 모습도 내게 큰 용기가 됐다. 햇수로 5년이 지난 지금까지 엄마의 삶은 조금씩 변했다. 평생 짊어지고 있던 역할들에서 벗어나 자신의 모습을 찾아갔다. 엄마는 내가 생각했던 것보다 훨씬 더 단단하고 용감한 사람이었다.

『엄마만의 방』을 연재하는 동안 다양한 시선으로 봐주시는 독자분들이 신기하고 감사했다. 누군가는 봉제공장에서 일하시던 본인의 어머니를 떠올리며 안쓰러운 엄마를 보는 딸의 입장으로, 누군가는 일하는 엄마로서 마음을 이입했다고 감상을 전해주셨다. 이 이야기가 어느 기억 혹은 마음 한구석을 발견하는 작은 도구 같은 만화가 되었으면 하고 바랐는데 소기의 목적을 이룬 것 같아 기뻤다.

모쪼록 이제 책을 펼친 독자분들도 각자만의 이야기를 발견하는 기회가 되었으면 좋겠다.

내가 배운 넉넉한 사랑과 용기를 전하며.

2024년 여름
김그래

# 차 례

프롤로그

# 엄마만의 방

그래야,

엄마가 해외로 일하러 나가면 어떨 것 같아?

엥? 갑자기?

?

엄마가 뜬금없는 질문을 했다.

50대 미싱사.

스무 살부터 30년이 넘는 동안
여러 봉제공장을 거쳐 숙련자가 된 엄마는

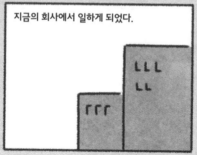

지금의 회사에서 일하게 되었다.

파견 대상이 된 이들은 대부분

해외라는 낯선 환경에서 일하기를 꺼렸다.

난 애들이랑
아내가 있어서…

해외는
무서워서…

다들 망설이고 있어.
누군가는 가야 하니까
눈치만 보는 거지 뭐.

16

8남매 중
다섯째로 태어난 사람.

밥 좀 배부르게
먹어봤으면 좋겠다.

그와 가족들이 이어가는 삶은
생계보다 생존에 가까웠고

살기 위해서
가족을 짊어지고 돈을 벌었다.

그리고 이른 나이에 또 다른 가족을 이뤄
무게를 더했다.

엄마 언제 와???
배고파! 엄마 보고 싶어!!

엄마 금방 갈게.
조금만 기다려.

치열하고 부지런하게 살았지만
한 번도 1인분의 삶을 가져본 적 없었다.

조금 자랐을 무렵의 나는

엄마를 볼 때마다
슬픈 눈이 됐다.

그가 날 수만 있다면
어디로든 날아가길 진심으로 바랐다.

버지니아 울프의 『자기만의 방』을 읽으며
엄마를 떠올렸다.

엄마는…

누군가의 엄마 아내 딸 며느리
역할에서 벗어나

오롯이 개인으로서의 시간은
삶에서 얼마나 가져봤을까.

그런 여유가
그에게 있었던가.

유년, 청년, 중년. 단 한 번도
혼자만의 방을 가진 적 없던 그는

언니 자요···?

내일 일찍
공장 나가려면
얼른 자둬.

네···

쿠어―

쿠어―

베트남으로 떠났다.

떨려…

그곳에서 새로운 환경을 만나고

삶의 지평을 넓혔다.

그리고 처음으로

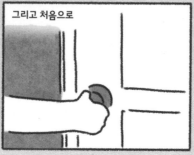

자기만의 방이 생겼다.

# 마음을 먹다

검색대의 수선함, 입국장의 들뜬 풍경,

이륙하는 비행기의 울렁거림 모두
낯선 것투성이었다.

옛날에
제주도 갈 때
한 번 타보고
처음 타네…

저… 이거 어떻게
쓰는 거예요?

도와드릴게요.

낡은 봉고차는 공장이 있는 곳으로
구불구불한 길을 열심히 달렸다.

멀미가 나는데…
도로가 다 이래요?

하하 길이 좀 험하죠?
3시간만 가면 돼요.

3시간이요??

압도적으로 넓은 땅 위에
거대한 공장 여러 개가 늘어선 풍경을 보고
엄마는 생각했다.

진짜 왔구나.
이제 돌이킬 수 없구나.

잘 견뎌보자.

# 뒷모습을 바라보는 사람

본격적인 생활이 시작되고,
매일 정신없이 바빴다.

새로운 언어와 환경,

낯선 사람들과

39

그런 그가 안쓰럽고 걱정됐지만

엄마 일
끝났겠다.

내가 할 수 있는 일이라곤
매일 안부를 묻는 것뿐이었다.

어~ 엄마
잘 들려?

어~ 잘 들려?

어때
거기 생활은?

밥도 잘 챙겨 먹어. 뭐 좀 보내줄까?

괜찮아~ 너 잘 챙겨 먹어. 아빠랑 오이지*도 잘 있고?

* 오이지=남동생

통화하는 내내 그를 염려하다가

어~ 둘 다 잘 지내.

다행이네. 요즘도 늦게 자? 얼른 자, 너.

알겠어~ 또 전화할게!

그래~ 잘 자구.

조금 웃었다.

염려와 응원을
눈가에 주렁주렁 달고

언제 저렇게
컸담…

내 뒷모습을 바라봤을 사람.

에구
출근해야지!

이제 역할을 바꾸어
내가 엄마를 바라본다.

염려와 응원을 주렁주렁 달고서.

# 동료가 되기까지

환경에 적응하는 것만큼이나

바쁘다

바빠

새로운 사람들에게 적응하는 일 또한

그리 순탄치만은 않았다.

휴…

당시 베트남 공장으로
파견된 인원은

각 분야의 노련한 전문가들로,

그 가운데 엄마는

현지 공장 직원들을 소개받는 날,

저희
직원들이에요.

이쪽은 이 공장에서
샘플을 맡고 있는
직원이고요.

나이스 투 미 츄.

한국에서부터 맡고 있던 여러 업무들을
현지에서 이어서 하느라 정신없긴 했지만

B브랜드
개발샘플이요,
네네

아, 그
부분은~

C브랜드
샘플은~

나름 순조롭다고 생각하던
어느 날

?

?

주임님!!

이 사실을 처음 안 그는
당황할 수밖에 없었다.

당시 공장에는 샘플 관리를 맡고 있던
기존 직원이 있었는데,

그가 맡은 브랜드 업무에서
문제가 생긴 것.

그리고 어느새 책임은
엄마에게 지워져 있었다.

한 달 뒤가 그 친구
재계약 기간이었다고 하더라고.

계약
연장합시다.

재계약이 확정되고 나니 친절해지더라.
농담도 잘하고.

아마 자기가 맡고 있던 파트에
사람들이 새로 오니까 경계했던 것 같아.

고향에 부양해야 할 가족도 많으니
불안해서 그랬을 수 있겠다 싶었어.

그랬지 뭐~

그런 일이
있었구나.

엄마의 이야기를 처음 들었을 때
나는 그를 좀 미워했다.

엄마가 무사히 적응하기를 바랐는데

그가 텃세를 부리는 것 같아서.

나중에서야 이런 사정을 알고 나니
그를 이해할 수 있게 됐다.

새로 온 직원이에요.

언제고 일터를 잃을 수도 있다는 불안이
그에게 있었다는 사실과

내가 엄마를 걱정하는 만큼이나
그의 안위를 걱정하는 가족이 있다는 사실.

각자의 사정이 있는,
비슷한 사람이라는 사실까지.

'그 외국인'이었던 호칭이
'엄마의 동료 아저씨'로 바뀌던
순간이었다.

# 해내야만 하는 사람

내가 자라면서 본 엄마는

빨리 책가방 챙겨!

뭐든 해내고야 마는 사람이었다.

이번 달 생활비가…
흐아암…

안타깝게도 나는
그 성정을 물려받지 못했는지

엄마.

뭐든 잘 미루고, 잘 때려치웠다.

나 영어학원
안 다닐래.

안 하고
싶어.

안 하고
싶어~!!

안 할래~!!

아주 오랫동안 그런 면에서는
그와 내가 닮은 구석이 없다고 생각했다.

반도 못 푼 학습지 소식에
한참 웃다 문득,

언제나 잘 정돈된 집과
결근 한 번 없이 일하던 그의 삶이

그저 잘하는 사람이어서가 아니라
해내야만 했던 사람이라서였을까 싶어
웃음의 끝이 씁쓸해졌다.

흐앙~

나와 비슷해서 웃기고
나와 비슷해서 조금 슬프게 하는 사람.

그러나 역시

ㅋㅋㅋㅋ 나보고는
누구 닮아서 그렇게
공부 안 하냐더니

다 엄마
닮았구만!!

많이
웃기긴 했다.

20대 초반에 일본으로 1년간 어학연수를 다녀왔다. 엄마는 곧 타국에서 혼자 생활해야 할 딸을 걱정하느라 바빴고 그 딸은 한가하게 놀러 다니느라 바빴다. 출국이 일주일도 안 남았을 때 엄마로부터 당장 캐리어를 꺼내 오라는 불호령이 떨어졌다. 거실로 질질 끌고 나온 새 캐리어의 뚜껑이 드디어 열렸다.

"너는 대체 누구를 닮아서 이렇게 대책이 없어."

엄마는 반듯한 가방 안에 필요한 물건들을 꼼꼼히 챙겨주며 말했다. 타박하던 그의 옆에서 나는 한가하게 농담이나 했다. 나는 누구를 닮았을까. 내가 본 엄마와 아빠는 둘 다 너무 부지런한 사람이었는데 부지런한 둘에게는 유감이라며 이제 그만 나를 받아들이라고 읊조리다 매를 번다며 더 혼났다.

그러나 이번 기회에 나의 뿌리는 엄마에게서 왔다는 사실을 깨닫고 얼마나 통쾌하고 웃기던지. 여러 권의 학습지를 몇 장 풀다 만 엄마도, 출국 일주일 전까지 짐 하나 싸지 않던 엄마도 처음 보는 모습이었지만 좋았다. 그가 앞으로도 해내는 사람 대신 자주 느슨해진 사람이길 바란다. 종종 한가하게 휘바람이나 부는 그를 상상하며 웃는다.

# 나이가 들면

베트남에 갈 무렵부터
엄마의 갱년기 증상이 시작됐다.

화끈

화끈

어휴 땀이 비 오듯
쏟아지네…

# 임산부 기공들

가쁘게 돌아가는 공장

드르륵    드르륵

그곳에서는
매일 같은 시간이면

많은 사람들이
짐을 챙겨 공장을 떠난다.

우르르 …

이따금 엄마는 그들을 보며
젊은 날의 자신을 떠올리곤 했다.

거대한 공장 지붕 아래로

앳된 얼굴을 한 기공들이
미싱을 돌리는 풍경이

그때와 많이 닮았다고.

엄마가 이미 겪어낸 나이에 도착할 때마다 그의 삶을 좀 더 자세히 상상해본다. 내가 대학에 갓 입학했을 나이쯤에 엄마는 나를 낳았다. 언젠가 누군가 내게 말했다. "엄마가 너 임신했을 때 주변에서 다들 낳지 말라고 했었는데 그때 엄마가 절대 안 된다고 했어. 근데 그때 너 안 낳았으면 어쩔 뻔했니."

작은 머리로는 그 말에 좋아해야 할지 슬퍼해야 할지 가늠하기 어려워서 아마 어색하게 웃었을 것이다. 그 뒤로 엄마가 힘들어보일 때면 내가 그의 발목을 잡은 커다란 추처럼 느껴졌다. 나를 낳지 않았다면 엄마는 어떤 모습으로 나이 들었을까. 하고 싶은 일을 자유롭게 했을까. 좀 더 이른 나이에 비행기를 처음 탔을까. 여러 종류의 가정을 하며 현재의 삶에 다른 삶을 붙여봤다.

어떤 마음으로 아이를 낳아 키웠느냐고 물으면 그저 열심히 살았더니 그렇게 됐다고, 싱거운 대답을 하던 엄마. 그가 선택한 삶의 고생스러움을 곁에서 지켜봤기 때문에 안쓰러운 마음이 들다가도, 씩씩하게 살아온 날들을 생각하면 결코 안쓰럽게만 볼 수 없다. 이른 나이에 임신과 출산, 육아를 모두 해낸 그에게 나는 진심으로 존경을 표하고 싶다.

# 엄마의 여행

다른 직원들은 쉬는 날이면
하노이라도 다녀오는데

주말에 어디
가세요?

하노이나
좀 갔다
오려고요.

난 흥미도 없고 맨날 숙소에만 있었잖아.

주임님 이번에도
안 나가세요?

응, 잘
놀고 와~

하노이 나가려면 오가며
6시간쯤 걸리니까 피곤하기도 하고.

숙소에 있는 게
차라리 낫지~

이번 연휴에는
나가볼까 싶더라고.

흠… 진짜
어디라도 가볼까…

근데 내가 할 수 있을까?

엄마가 여행을 간 적 있던가.

평일의 그는 일하느라 바빴고,

주말에는 잔업을 하거나
축난 몸을 살피기 위해 병원에 갔다.

일터, 집, 병원을 벗어난 장소로는
친척 집이나 시골집 정도.

공장은 여름휴가
언제야?

'엄마'와 '여행'이라는 두 단어는
좀처럼 같이 쓰이는 날이 없었다.

공장이
바빠서…

그런 엄마가 혼자, 해외에서 여행했다니.

혼자 호텔을 예약하고, 택시를 타고,
관광지를 걷는 그를 상상하기 어려웠다.

그래서 어디로
다녀왔어?

바이딘 사원.

몇 달 전에 직원들이랑 단체로 갔던 곳인데
한 번 더 보고 싶더라고.

근처 호텔 예약부터 하려는데

HOTELS

할 줄 모르니까 이제까지는
공장 직원들한테 부탁했거든?

저…

근데 앞으로는 혼자 해야겠다 싶더라고.
언제나 부탁만 할 수는 없으니까.

끙...

어플 아이디 만들고 호텔 예약하는 데만
3시간이 걸린 거 있지?

HOTEL
예약 완료

3시간이나
걸렸어?

어휴 얼마나
복잡한지~~

택시는, 공장에서 근무하던 직원이
퇴사하면서 택시 한다길래
연락처를 받아뒀었거든.

그 친구한테 문자로 연락해서
사원으로 갔어.

와···

도착해서 들어갔는데,

와 이 달마상 엄청 거대하네! 근사하다.

단체로 갔을 때는 달마상이 있는 높은 데까지 못 올라가봤거든. 이번에는 여유 있게 구경했어.

해보니까,

혼자 하는 여행도 좋더라.

엄마의 용기는 어디서 자랐을까.

멋지다~ 엄마!

나이가 들수록
자꾸만 겁이 많아진다.

새로운 일에 도전할 힘과
실패를 극복할 힘이 점점 줄어서일까.

'내가 할 수 있을끼?'로 시작해
'난 아마 못할 거야'라고
결론짓는 일이 잦아졌다.

그중에는 할 수 있는 것이
훨씬 더 많았을지도 모르겠다.

그저 안주하고 싶은 걸까.

오

그런 면에서 엄마도 나처럼
겁 많은 사람인 줄 알았는데, 아니었다.

야옹

. . .

오

혼자서는 여행한 적 없던 사람.

내가 할 수
있을까…

이제 모두 과거가 됐다.
그는 스스로 할 줄 아는 것이 많아졌다.

어쩌면 엄마는

겁이 없는 사람이 아니라
조금 더 용기 낸 사람이 된 걸까.

누릴 수 있는 세계가 훨씬 더 넓어진,
대견하고 멋진 그를 보며

엄마

나는 용기를 배운다.

처음 해외에 갔을 때 나는 매일 거대한 배낭을 메고 눈을 크게 뜨고 다녔다. 풍경과 언어, 사람, 음식 등 보이는 모든 게 낯설었다. 세상엔 내가 모르고 사는 것들이 얼마나 많을지 상상하면 어지러울 지경이었다. 시간이 지날수록 사랑하는 사람들이 하나둘 떠올랐다. 맛있는 팬케이크를 먹으면 친구 사라가, 예쁜 옷을 보고는 남동생이 떠올랐다. 이따금 고즈넉한 곳에 갈 때면 엄마와 아빠가 어김없이 떠올랐다. 내가 살아온 날보다 곱절 이상 긴 시간을 산 사람들이지만 내가 경험하고 있는 것을 둘은 모른다는 사실에 명치 끝이 따가웠다. 첫 해외의 기억 속에는 들뜸과 함께 따가운 마음이 함께 녹아 있다.

엄마가 혼자 여행을 해낸 건 모든 걸 직접 준비해서 누린 경험이어서 더 의미 있었다. 이전까지 엄마의 여행이란 늘 누군가의 도움이 필요했으므로 "언젠가 상황이 맞으면 가야지" 같은 타인의 힘없는 의지가 따라붙었다. 그 의지에 묶여 있던 탓에, 타인도 엄마 스스로도 '혼자서는 여행을 할 수 없는 사람'이라고 쉽게 규정했는지도 모른다.

이제 그가 하는 여행 앞에는 '언젠가' 대신 '언제든'이 붙는다. 가끔씩 엄마의 여행 사진이 도착한다. 까만 선글라스를 끼고 조금 어색한 포즈를 취한 채 웃는 사람. 그의 사진을 손가락으로 확대해보며 치아가 다 드러나도록 웃는 그를 따라 나도 크게 웃는다.

# 엄마의 사회생활

엄마가 혼자 하는 여행의 맛을 안 것은
큰 기쁨이었지만

한편으로는 그가
너무 혼자일까 봐 걱정되기도 했다.

엄마…

베트남 동료들이랑
잘… 지내겠지?

여전히 언어는 서툴지만
업무상 자주 쓰는 용어에 익숙해지면서

공장에서 나누는 의사소통에
어려움이 줄어들 무렵,

미스 H, 우리랑
저녁 먹으러
갈래요…?*

*베트남어

그렇게 그는 얼떨결에 20명이 넘는
봉제실 직원들과 회식길에 올랐다.

양쪽 눈썹을 축 늘어뜨린 직원은
미안해서인지 고마워서인지
엄마의 손을 내내 어루만졌다.

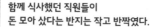

함께 식사했던 직원들이
돈 모아 샀다는 반지는 작고 반짝였다.

이거 비싼 거
아니야?

아냐 아냐.
시장에서 샀어~
우리 선물!
고마워서.

예상치 못한 선물을 받은 그는
조금 뚝딱거렸고,

그 이야기를 전해 들은 나는
어쩐지 유난스레 감동했다.

찌———                    ———잉

120

조금 다른 방식(?)으로 이해하게 됐다.

친구들도 이런
마음이었을까…

내게 소중한 이가 외롭지 않길

사회에서도 사랑받길 바라는
마음이었겠지.

엄마의 사회생활을 어렴풋이 상상하며,

만난 적 없는 동료들을 떠올려보곤
기분 좋게 안심하던 밤이었다.

# 베트남의 김치교실

엄마가 혼자 여행을 다니기 전에는
대부분의 주말을 기숙사에서 보내곤 했다.

그러던 어느 날

미스 H, 혹시 우리
김치 담그는 방법
알려줄 수 있어요?

김치?

약속 당일

미스 H~~
어서 와요~

처음 방문한 동료의 집은

오느라
고생했어요~

흡사 키즈카페 같았다.

꺄— 꺄— 꺄—

직원들이 미리 준비한 집기와 재료는
너무 얕거나 적거나 부족하기 일쑤였지만

어쩐지 모두에게 이 상황이 즐거웠다.

그러는 동안

누구의 입에는 너무 맵고,

너무 매워~~~

누구의 입에는 딱 맞는
김치가 만들어졌다.

맛있어!!
또 줘!

긴 하루,
모두가 함께 모여 만든 그날은

한국인을 처음 보고,

김치를 처음 담그고,

외국인 동료의 집에 처음 초대받은

각자의 처음으로
채워진 날.

한 통 분량의 김치와

이따금 떠올릴 추억을 얻고서
하루가 저물었다.

엄마에게 김치를 배웠던 직원이
퇴사 후 부업으로 김치를 팔고 있다는 소식…

얼떨결에 '김치 장인'이 된 엄마.

# 코로나의 시작

엄마가 베트남으로 떠나고

그가 생활에 적응하는 동안

나를 포함한 가족들도
엄마가 없는 생활에 부지런히 적응했다.

그의 빈자리는
너무 크거나

...

혹은 너무 작아서
자주 미안해지곤 했다.

에휴 나는 뭐
바쁘다고 이런 것도
내 손으로 안 했냐…

그리고 몇 달이 지나
엄마의 첫 휴가 날이 됐다.

어~ 엄마, 내일
몇 시 비행기야?
응, 마중 갈게~

몇 번 밥 먹고

쇼핑하고

부모님을 만나고

병원 두어 군데를 돌았더니

엄마의 첫 휴가가
금방 지나갔다.

시간이 너무
빨리 갔어…

베트남으로 돌아가는
그를 배웅할 때까지는

추석 때 또
올 건데 뭘~
아니면 네가
베트남 와~

조심히 가, 엄마~

우리가 앞으로
2년 동안 못 만나게 될 줄 몰랐다.

# 그리운 사람들

해외 토픽쯤으로 여겨지던
코로나바이러스는

순식간에 모두의 현관까지 들이닥쳤다.

확진자 수가 늘어나고

서로가 서로에게 눈을 흘기거나

몸을 움츠리는 날이 이어졌다.

일 년에 두 번씩 오갈 수 있다고 믿었던
휴가 또한 기약 없이 미뤄졌다.

얼마나 위험한지, 강력한지,

언제까지 이 상황이 계속될지.
확실한 것은 아무것도 없었다.

본래 삶의 속성은 불확실함을 가졌으나,

바이러스의 등장으로

모든 이의 삶은
더욱 불확실한 길로 떠밀린 듯했다.

독립하는 딸에게
직접 도움 줄 수 없을 때.

아니 부동산에서
이거 계약 안 하면
큰일 난다고
화를 내길래…

아니 그런 경우가 어딨어!
이모들하고 같이
가지 그랬어!

이모들도
바쁠까 봐…

날이 갈수록 노쇠해지는
양가 부모를 볼 때.

언제나 맑던 그의 목소리는

하루하루 자라는 무력감과 근심을 안고

무겁게 내려앉았다.

그리고 어느 날

가장 우려하던 일이 닥쳤다.

큰이모부의 부고.

그의 죽음은
너무 갑작스러웠고

엄마에겐
큰 충격으로 남았다.

언니… 미안해.
못 가서
너무 미안해.

네가 어떻게 와.
괜찮아.

거기 덥다던데
많이 힘들지?

미안해…

언제 끝날지 모를 이 재난 속에서
그리운 이들을 볼 수 없다는 슬픔과

어쩌면, 영영 그리워만 할 수도 있다는
사실이 피부로 와닿은 날이었다.

무슨 일이 생기더라도
나는 그들 곁에
당장 갈 수 없구나.

노쇠한 엄마에게
무슨 일이 생기더라도

나는 한참 뒤에야
아무 의미 없어진 채로
옆에 서겠구나.

점점 나이 들어가는 가족들도,

나는…
잘…지내…

준비되지 않은 스스로의 노후도,

어느 것 하나 불안하지 않은 것이 없었다.

하…

엄마의 목소리가 무거워질수록
할머니의 건강이 안 좋아질수록

내가 그에게 건넸던 말들이
무력하게만 느껴졌다.

엄마는
할 수 있어!

힘들면 언제든지
돌아와.

...

말은 늘 엄마를 위하고 있었지만
정작 해줄 수 있는 건 아무것도 없었다.

그럴수록 마음 한편에
뭔가가 차곡차곡 쌓였다.

내가 돈을 많이 벌면
엄마한테 한국으로
들어오라고 할 수 있을 텐데.

그럼 엄마가 거기서
불안해할 필요도 없고

할머니 걱정도
안 할 수 있게 해줄 텐데.

참 이상한 마음이었다.

베트남에 가기로 선택한 엄마에게도

그를 응원한 나에게도

어느 쪽에도
도움 되지 않는 걱정.

그를 사랑하는 만큼
그의 삶과 나의 삶을 혼동한 걸까.

사랑인지, 슬픔인지,
부채감인지 모를 감정이

엄마, 나야.

할머니와 엄마 사이에서,
엄마와 나 사이에서 부유하는 동안

엄마, 나야.

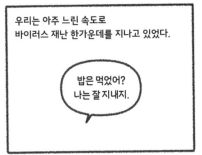

우리는 아주 느린 속도로
바이러스 재난 한가운데를 지나고 있었다.

밥은 먹었어?
나는 잘 지내지.

불안을 낙관으로 애써 누르며.

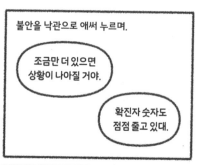

각자에게 주어진 삶을 살아내며.

서로를 많이 그리워하며.

코로나가 심해져 국가가 봉쇄됐을 때, 엄마 혼자 너무 오랜 시간을 보내는 것 같아 걱정스러웠다. 평소에도 힘든 내색을 잘 안 하는 그는 아파도 아무 말 안 하다가 지나고 나서야 그런 일이 있었다며 대수롭지 않게 털어놓곤 했다. 독립해서 살다 보니 혼자 아픈 게 얼마나 서럽고 힘든지 안다. 그가 혼자 아픈 밤을 보냈을 걸 생각하면 속상해서 제발 말 좀 하라고 타박하기도 했다.

"말하면 뭐해 걱정만 되지."

그의 말이 아주 틀린 말은 아니지만 다들 그런 마음 있지 않나. 누구에게도 걱정 끼치고 싶지 않지만 누구라도 걱정해주었으면 하는 마음. 엄마의 성격상 웬만큼 아파서는 말하지 않으려고 하겠지만 그래도 외로울 때나 누구라도 자신에게 마음을 써주길 바랄 때, 그가 통화 버튼을 고민 않고 누르는 사람이 내가 되었으면 좋겠다.

# 베트남에서 보낸 명절

175

동료의 가족들은 엄마에게
푸짐한 명절 음식을 대접했다.

그는 향신료에 약해서
베트남 현지 음식을 잘 못 먹는 탓에

향이 센 다른 음식보다
익숙한 떡을 주로 먹었다.

음~

떡을 좋아하는구나, 당신!!

엄마가
많이 드시래요!

딱딱한 바닥에 오래 앉아 있다 보니
무릎과 복숭아뼈가 아팠고

그들이 하는 이야기들의
반의반도 알아듣지 못했지만

손짓발짓을 더해가며 했던 이야기는
배불러, 더 먹어 같은 말뿐이었지만

타국에서, 다른 가족들 틈에서 맞은 명절은
새롭고 뜻깊은 날이었다.

베트남은 명절 때
부모님한테 친구들을
소개하는 게 풍습이야.

엄마의 베트남 생활은 때때로 외롭고,
때때로 고됐으나

때때로 다정하고 정겨운 날들로 채워졌다.

실은 엄마가 한국에서 명절을 보내지 않아 다행이라고 생각하기도 했다. 그를 못 보는 것은 아쉬웠으나 고된 얼굴로 각종 음식을 하는 그는 보고 싶지 않았기 때문이다.

설날과 추석마다 일만 잔뜩 하고 오는 그를 보면, 명절이란 오랜만에 보는 가족과 반가운 시간을 보내는 날이 아니라 엄마가 본격적으로 고생하는 날이었다. 명절 연휴에 친구들이 가족들과 여행 가는 걸 볼 때마다 우리도 전이나 잡채는 다 던져두고 여행이나 갔으면 좋겠다고 늘 바랐다. 현실로 이뤄질 수 있을지는 아직 모를 일이다.

어느 집이든 일하는 사람과 반가워만 하는 사람이 나뉘지 않고 적당히 편안한 명절을 보낼 수 있길 바라본다.

# 돌아가는 마음

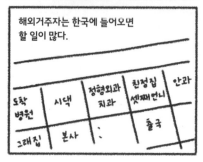

해외거주자는 한국에 들어오면
할 일이 많다.

| 도착<br>병원 | 시댁 | 정형외과<br>치과 | 친정집<br>셋째언니 | 안과 |
|---|---|---|---|---|
| 그래집 | 본사 | : | 출국 | |

친정과 시댁 부모님 집을
각각 들러 얼굴을 뵈었으며

독립한 딸의 집을 방문했다.

집 괜찮네~
예쁘다.

그러곤 틈틈이 다른 가족들과
친구들을 만나고

본사에도 들러야 했다.

주임님!

196

집이란 익숙하고 편안한 곳.
내 한 몸 뉘일 곳.

엄마가 베트남으로 돌아갈 때
집에 간다고 느낀 이유는,
그만큼 그곳이 편해졌다는 거겠지.

나는 그가 더 큰 세상을
오롯이 누리길 바랐으면서

조금 섭섭해했다.

엄마와 내가 집이라고 느끼는 공간이
완전히 다른 곳이라서.

훌쩍…

그와 멀어진 기분이 들어서.

이 이중적이고 웃긴 마음을 발견하고
깨달은 사실이 있다면

내가 엄마를
많이 사랑하는구나.

근데 그 사랑이 좀…
유치하고 좀스럽구나…

엄마… 넓은 세상을 누려…
근데 나 빼고
넘 즐겁게 누리진 마…

엄마가 보낸 휴가를 떠올려봤다.

해외거주자인 그에게
한국 휴가란 어떤 의미일까.

나의 좀스러운 사랑이 이중적인 것처럼
가족이란 관계도 다면적이라서

오랜 코로나 기간,
그리웠던 가족들을 만나 반갑고 기쁘지만

그간 마주하지 않았던 문제들을 직면하느라
마음이 소란스럽고 고단했을지도 모른다.

베트남행 비행기에서 그가 느낀 감정은

집에 돌아간다…

한국에서의 미션을 모두 마치고
드디어 혼자 쉴 수 있다는 기분과 같았겠지.

'가족이 있는 집'에서만 살았던 그가

삶의 어느 시절,
'혼자 있는 집'에 살아서 다행이다.

엄마가 휴가를 마치고 돌아갔다.

좀스러운 딸과,
염려되는 문제들로부터 다시 멀어졌다.

나는 그가 다음 휴가 때는
덜 고단하길 바라며,

엄마의 다음 휴가를 기다린다.

# 엄마와 함께한 베트남

여행을 계획했을 때부터
출발하는 비행기에서까지
끊임없이 물음표를 띄웠다.

아주 오래전,
종종 엄마의 일터에 가기도 했다.

폴폴 날리는 먼지와 미싱 돌아가는 소리가
공간을 가득 메우던 곳.

그 김에 500원 혹은 1,000원씩
용돈을 받아가는 기쁨도 있었다.

아마 그때의 나는, 공장에 내가 오래 있으면
엄마가 곤란하다는 사실과

자.

그래서 비교적 쉽게 용돈을 탈 수 있다는
사실을 아는 어린이였던 것 같다.

고맙습니당

그때의 엄마는 지금의 나보다 젊었고,
쉽게 고단했는데.

지금의 그는 어떤 곳에서
어떻게 일하고 있을까.

엄마~!

엄마의 휴가 기간을 맞춘 덕에
호치민에서 먼저 시간을 보냈다.

함께 관광하고

과일을 양껏 먹고

나란히 누워 있는 동안은
그가 일하는 곳에 왔다기보다
함께 여행하는 기분이었다.

좋다 엄마.

나도.

스산한 길 끝에 도착한 목적지는

고마워~
공장에서 봐~

다행히 적당히 밝고 북적였다.

그때부터 나는
엄마의 새로운 면을 보게 됐는데,

호텔에서도

택시에서도

지역 한인 식당과

대형 마트, 사원까지.

그는 무엇이든 알고
어디든 갈 수 있는 사람이었다.

224

지역 특유의 분짜를 먹을 때만
엄마도 못 하는 게 있어 보였다.

베트남에서 함께 보내는 날이
길어질수록

새로 알게 되는
엄마의 모습이 늘어갔다.

공장 부지는 골프장 카트로
이동해야 할 만큼 아주 넓었다.

와 진짜 넓네~

각 공장의 내부 크기도 엄청났다.

드르르르륵 드르르르륵

약간 들뜬 표정의 엄마 옆에서
나는 줄곧 놀라는 표정을 짓고 서 있었다.

사실 여행을 계획할 때부터
걱정한 게 있었다.

한국으로 돌아올 때,
그를 베트남에 두고 오는 기분이 들까 봐.

그런데 막상 휴가를 마치고 보니

도착하면
전화하고.

그런 기분이 전혀 들지 않았다.

알았어~
나 갈게~

두고 온다는 건,
어딘가 걱정되는 대상에게
갖는 마음일 텐데

그곳에서의 엄마는
걱정스러운 사람이 아니었다.

내가 자라는 동안

내내 어려움 속을 걷던 사람.

그때 보았던 엄마의 그림자에는
슬픔이 묻어 있었다.

그리고 베트남을 함께 걸으며 바라본
그의 그림자에는 슬픔이 묻어 있지 않았다.

한국에서의 그가 슬프기만 했는가,
베트남에서의 그가 슬프지 않기만 했는가
하면 잘 모르겠다.

다만 처음으로 마주하는
단독자로서의 그의 모습을

찬찬히 다시 그려보며
기분 좋은 웃음을 안고 한국으로 돌아왔다.

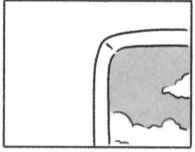

내가 베트남에 다녀오고 1년 뒤에 남동생인 오이지도 엄마를 보러 갔다. 새벽 비행기를 예매한 탓에 공항 의자에서 쪽잠을 자고, 저가항공 좁은 좌석에 187센티미터 장신을 구겨 넣고 비행하느라 진땀을 뺐다. 결국 몸이 너덜너덜해져서야 오이지는 베트남에 도착했다.

무뚝뚝한데 피곤하기까지 했던 그는 내가 그곳에 갔을 때처럼 놀라거나 감탄하는 일은 없었지만 퀭한 눈을 하고도 열심히 엄마를 따라다녔다. 엄마가 일하는 공장을 투어할 때 엄마는 만나는 직원들마다 "우리 아들"이라며 그를 소개했다. 오이지를 본 어린 직원들은 키가 엄청 크고 잘생겼다며 연신 칭찬했고 그때 엄마의 표정이 얼마나 상기되었을지 안 봐도 눈에 선했다. "아휴, 그런가 아하하" 하며 딱히 부정 않고 함박웃음을 지었을 얼굴까지도.

나중에 엄마가 완전히 한국에 돌아와 베트남을 떠올릴 때 추억 속에 나와 오이지가 군데군데 박혀 있었으면 좋겠다. 함박웃음을 짓던 기분까지도.

# 당신의 삶

엄마가 베트남으로 떠난 지
햇수로 5년이 지났다.

그동안 그는 좀 더 자리를 잡았고

나를 포함한 가족들은 엄마의 빈자리에
익숙해지고자 노력했다.

모두에게 쉽지 않은 시간이었지만
생의 어느 순간에는
꼭 가져야 할 시간이었다.

여느 가족이 그렇듯
우리에게도 크고 작은 문제들이 있었는데

시간이 흐른 지금
가족의 모습을 회상해보면

어딘가 기울어진 채
힘겹게 유지되는 모양이었다.

많은 것이 당연했고

...

이해되지 않는 날이 더러 생기던 시절.

그즈음 엄마가 제안받은 자리는
그에게 꼭 맞는 옷 같았다.

엄마가 베트남
가서 일하면
어떨 것 같아?

수많은 역할을 내려두고

자신으로서 사는 삶.

그런 삶이 그에게 꼭 필요해 보였다.

누군가의 엄마.

혹은 아내.

혹은 딸이자 며느리.

그 속에서 행복한 시간도
분명 있었겠으나

그가 오롯이 혼자서 누리는 행복도
가져보았으면 했다.

엄마는 짐작이나 했을까.
자신이 낯선 땅에서 일하게 된 지금을.

그 환경에서 점차 익숙해지고,

또다른 삶을 일궈나가게 될 것을.

그곳에서 차곡차곡 쌓은 것들은
엄마에게 어떤 양분이 될까.

그리고 그를 바라보는 내게
무엇으로 닿을까.

문득 생각했다.

어떻게 흐를지 모르는 게 삶이라지만

이제는
쉽게 슬픔으로 미끄러지지 않을 것 같다고.

혹시나 또다시 미끄러져 버린대도

무릎을 툭툭 털고
일어설 수 있을 것 같다고.

그것은 구불구불한 생을 딛고 섰던
그의 삶이자

자신의 삶으로 가르쳐준 용기였다.

오늘도 모니터 앞에서
재봉틀 앞에 앉을 그를 떠올린다.

엄마의 딸로서,
동시대를 살아가는 여성으로서,

그의 친구로서,

에필로그

# 내가 몰랐던 엄마의 얼굴들

나 또한 엄마 앞과
타인 앞에서의 얼굴이 다르듯

'엄마' 하면
애잔하다 애틋하다 같은
것만 떠올렸는데…

사장님이 본 모습은
왠지 낯설다…

엄마에게도
내가 모르는 얼굴이 있을 텐데

그 얼굴을 한 엄마는 어떤 사람일까?

얼마 뒤 휴가 온 엄마와 함께
그의 옛 동료들을 만나러 갔다.

이전에도 몇 번 엄마를 통해
이야기 들었던 그들은

회사에~

네 나이 또래
직원들이 있는데
너무 착하고 귀여워.

결국 나중에 문제가 생겨서
언니에게 사정도 많이 했어요.

죄송해요…

돌아보면 실수도 많이 했고

헉! 성숙 언니한테
전화왔어…
나 뭐 실수했나 봐…!

서툰 것도 참 많았는데

언니 왜요…?
일단 제가
내려갈게요.

그때마다 언니는
끝까지 설명해줬어요.

저희가 바이어한테 공정 상황을
영어로 설명해야 하는데
실무를 잘 모르니까

자, 봐.
종이 접어서
알려줄게.

영상으로 찍어.
왜 안 되는지
잘 봐.

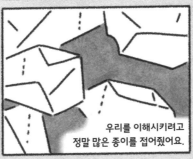

우리를 이해시키려고
정말 많은 종이를 접어줬어요.

상사한테 혼나서 도망치고 싶을 때도

샘플실 다녀오겠습니다.

언니 자리 옆이 우리의 도피처였고,

앉아 있다 가. 이거 먹고.

재밌는 일이나 고민 가리지 않고
언니 옆에서 많은 얘길 했어요.

진심으로 걱정하며 들어주고
재밌어 해줬거든요.

자, 선물.

그때가 스물일곱… 여덟이었나.

각자 눈가에 휴지 조각을
덕지덕지 붙이는 동안

언니들의 이야기 속
내가 몰랐던 엄마의 모습을 상상했다.

눈물을 뚝뚝 흘리던 날과
키득키득 웃는 날을 보내며
홍 주임님은 어느새 '성숙 언니'가 됐고,

이제껏 내가 슬픈 눈으로만
바라봤던 엄마는

누군가에게 동료이자 친구이자
품이 너른 어른이었다.

그의 삶 면면에는
내가 모르는 게 얼마나 더 많을까.

이렇게나 다채로운 면을 가진 그를
안쓰럽게만 보는 게 괜찮을까.

엄마의 고된 등을 안쓰러워 하되

명랑하고 씩씩한 얼굴을 잊지 말자고,

유독 크고 넓어 보이는 엄마를 보며
생각했다.

# 각자의 자리에서 씩씩한 눈을 하고

가족이란 뭘까.

항상 어려운 질문이었는데, 『엄마만의 방』을 그리면서 더 어려워졌다. 알라딘의 창작 플랫폼 투비컨티뉴드로부터 연재 제의를 받았을 때, 마침 엄마 이야기를 써보고 싶던 시기였다. 엄마가 베트남으로 떠난 지 몇 년이 지나 그의 빈자리가 만든 변화와 굴곡을 모두 겪어낸 터라 마음이 편하기도 했고, 있었던 일을 만화로 옮기면 되니 수월한 작업이 될 거라 생각했다. 그러나 안일했다. 지난 10년간 내 이야기만 그려왔으니 미처 몰랐던 거다. 타인의 이야기를 세상에 꺼내놓는 일이 이렇게나 어려울 줄은. 게다가 가장 가까운 사람인 엄마 이야기였으므로. 우리 사이가 아무리 가까운들 나는 엄마가 아니었다.

연재를 하고 책을 만드는 동안 머릿속에는 수많은 염려와 걱정이 둥둥 떠다녔다. 나의 시선만으로 엄마라는 사람을 그려내도 괜찮을까. 충분하지 않은 나의 표현으로 엄마가 오해와 미움을 받으면 어쩌지. 누군가

상처받지는 않을까⋯⋯. 그의 삶을 서술하는 만화로 그에게 상처를 남길 수는 없었다.

엄마의 얼굴을 생각하면 웃는 모습보다 고단한 표정을 먼저 떠올리는, 그를 바라보는 내 시선에 언제나 슬픔이 묻어 있는 것도 우려 중 하나였다. 만화를 그리는 손이 머뭇거려졌다.

'그 눈으로 보고 쓴 이야기가 과연 엄마 그대로의 모습일까?'

그래서 연재를 하는 동안 일주일에 한두 번은 꼭 그와 한 시간이 넘도록 통화하며 정확한 용어와 사실을 체크했다. 엄마를 슬픈 눈으로 바라보는 것엔 별다른 도리가 없어 '그러지 말아야지' 하고 마음속으로 늘 되새겼다.


베트남으로 떠나는 엄마에게 남은 가족들이 걱정되지 않느냐고 묻던 사람들을 자주 생각한다. 그들을 떠올리면 엄마가 내 걱정만큼은 절대로 하지 않게 하고 싶었다. 그러나 굳은 결심이 무색하게 그의 부재에 종종 슬퍼졌고, 한두 번은 그 사실을 털어놨다.

엄마가 떠나고 처음 울었던 날을 기억한다. 은연중에 엄마의 빈자리는 내가 책임져야 한다고 압박감을 느끼고 있을 때였다. 아빠가 지인과 통화하던 중에 "밥? 밥도 못 얻어먹고 다니지"라고 말했다. 일평생 나와 동생 혹은 누군가를 위해 시간을 쪼개서 요리하거나 다른 집안일을 한 적 없는 아빠였다. 누군가는 당연히 자신의 끼니를 신경 써야 한다고 생각하다니. 옆에 있던 나는 화가 났다. 이게 어째서 당연한 거지?

그때 나는 거의 엄마 혼자 해왔던 집안일의 방대함을 비로소 체감하고 있었다. 수십 년 동안 아침 일찍 출근해 밤늦게까지 일하기를 반복했던 그는 주말에는 밀린 집안일을 하고 예민한 남편을 뒷바라지했다. 제멋대로인 아빠의 언행에 한숨을 삼킬 뿐 한 번도 소리 낸 적 없던 엄마의 뒷모습을 보며 나는 제때 말 삼키는 법을 먼저 익혔다.

바쁜 프로젝트가 겹쳐 매일 정신없이 일하다 응급실까지 갔던 날, 새하얀 천장을 보며 외롭다고 생각했다가 웃음이 났다. 엄마는 나보다 훨씬 많이 외로웠겠구나 싶어서. 엄마는 종종 "다 두고 혼자 나가 살고 싶어"라고 농담처럼 말했는데 그게 아주 농담은 아니었겠구나 싶어서.


엄마가 휴가를 마치고 베트남으로 돌아가면서 집에 가는 기분이 들었다고 말했을 때, 정체 모를 감정이 떠올랐다. 한참이 지나서야 그게 섭섭함이었음을 깨달았다. 그가 베트남에서 잘 자리 잡은 덕에 그만큼 그곳이 편안해졌다는 말일 텐데 왜 그게 내 마음을 찔렀을까. 그와 내가 생각하는 '집'이라는 공간이 더 이상 같지 않아서 우리가 멀어졌다고 느꼈을까. 사실 진작에 이 감정의 정체를 알아챘으나 인정하고 싶지 않은 마음이 더 컸다. 평생 고생만 하다가 이제야 제 삶을 살게 된 엄마에게 응원만 보내도 부족한데, 섭섭함은 그 역할과 어울리지 않는 것 같아서. 가족들이 걱정되지도 않느냐고 타박 섞인 질문을 하던 사람들이 바라는 대로

될까 봐. 혹시라도, 정말 혹시라도 엄마가 돌아올까 봐.

한동안 이 마음을 솔직하게 인정하고 싶지 않아서 서랍 깊숙이 넣어두고 외면하다가 저녁이 되면 쪼개고 쪼개어 곱씹어봤다.

왜 섭섭했고, 왜 섭섭한 마음을 그렇게도 인정하고 싶지 않았는지.

마음 깊은 곳에서 무엇이 나를 붙잡고 있는지.

어느 날 떠오른 대답. 아, 나는 엄마와 나를 너무 동일시하고 있구나.

그간 성인이 되어서도 엄마를 혼자 두고 나갈 수 없어서 나는 독립을 미뤘다. 그가 베트남으로 가고 나서야 비소로 독립할 수 있었던 나는 물리적, 경제적으로는 독립했으나 정신적으로는 여전히 그에게서 독립하지 못한 사람이었다.

이 만화를 그리는 동안 엄마를 향한 나의 애착이 큰 것은 사이 좋은 모녀라서가 아니라, 과한 동일시 때문일 수도 있겠다고 깨달았다. 이런 식으로 내 삶과 엄마의 삶을 겹쳐두는 게 결코 건강하지 않음을 이제는 받아들였다.

만화를 그리면서 슬픈 눈으로만 엄마를 바라보지 말자고 자꾸만 다짐했던 것처럼, 만화를 다 그려내고 난 뒤의 나는 그의 삶과 나의 삶을 분리해 보려고 노력 중이다. 엄마가 선택해서 쌓은 삶에 너무 많은 감정을 투영하지 않도록, 그를 사랑하는 것과 동일시하는 것은 다르다는 걸 내가 잊지 않도록.

『엄마만의 방』을 그리는 건 나에게는 꼭 필요한 작업이었다. 엄마와 떨어져 지내는 동안 내가 그리워하는 엄마를 맘껏 생각하고, 만화를 그려야 한다는 핑계로 통화도 자주했다. 엄마와 나의 관계를 직시할 수 있는 기회와 앞으로 엄마와의 관계를 잘 가꿔나갈 힌트를 얻은 시간이었다. 무엇보다 나에게 엄마는 어떤 의미인지, 지금 이 시간들을 기록할 수 있어서 다행이었다.

가족이란 너무 멀 때만큼이나 가까울 때도 서로를 다치게 한다. 어느 누구와의 관계보다 어려운 게 가족이라는 걸 『엄마만의 방』을 통해 다시 배웠다. 고단한 삶을 뒤로하고 훨훨 날아가 자기만의 삶을 살아내는 엄마처럼, 나 또한 몇 발 떨어진 곳에서 씩씩한 눈을 하고 내 삶을 살아내고 싶다.

# 독자와의 대화

**독자** 만화를 보신 어머니의 감상이 궁금합니다.

딸이 보는 제 이야기잖아요. 어떨 땐 기특하기도 하고 어떨 땐 섭섭했겠구나 하기도 하고. 어떨 땐 뿌듯하기도 했어요. 사이가 가깝긴 하지만 몰랐던 부분들도 있었는데 만화를 통해서 딸이 나를 어떻게 생각하는지 깊게 알 수 있어서 좋았어요.

**독자** 어머니가 베트남행을 결심하게 된 가장 큰 계기가 뭔가요?

경제적인 부분이 가장 컸어요. 한국에서 일하는 것보다 조건이 좋았기 때문에 고민을 시작해볼 수 있었죠. 아이들도 다 커서 제 손이 필요하지 않기도 했고, 해외에서 근무한 친구나 동료들이 꽤 있어서 '나도 해보고 싶다' 생각했답니다. 그래도 처음 하는 도전이라 확정하기까지 쉽지만은 않았는데요. 새로운 경험과 더 나은 조건 및 환경이 장점이라면, 낯선 환경에 대한 두려움과 외로움, 남겨진 가족에 대한 걱정이 단점이었죠.

주변에서 해외 근무를 권하는 사람과 말리는 사람의 비율이 반반이었어요. 특히 걱정을 많이 해줬는데 "너 가면 힘들 텐데 괜찮겠어?"와 "너 가면 다른 가족들이 힘들 텐데 괜찮겠어?"로 걱정의 방향이 나뉘었어요. 이따금 내 것이 아닌 걱정에 섭섭하기도 했지만, 딸래미와 자매들이 응원해줘서 고마웠어요.

**독자**　어머니 용기의 원천이 궁금합니다!

딱히… 용기랄 게 뭐 있겠어요. '나도 한번 해보고 싶다'와 '돈을 벌어야 한다'는 마음이 컸어요. 한국에서는 일자리가 점점 줄어드는 상황이라서요.

'나이가 50이 넘었고, 돈을 벌 수 있는 날이 얼마 남지 않았다. 나는 우리 애들한테 짐은 되고 싶지 않다'는 마음이 커서, 벌 수 있을 때 벌고 싶었어요. 요즘은 "자식들한테 보태주는 것도 없는데, 내 몸 아파서 기대면 안 되지"라는 얘기를 또래 친구들과 자주 나누죠. 능력이 되는 한에서는 부담 주고 싶지 않아서요. "돈을 벌어야겠다!"가 용기의 원천이 되었으려나. 하하.

**독자**　베트남어는 어떻게 공부하셨나요? 어학당을 다니며 배우셨나요?

맨땅에 헤딩…이었습니다. 책과 유튜브로 숫자를 비롯한 아주 기본적인 언어만 배우고 다른 건 맨몸으로 부딪혀 익혔답니다. 일하다 소통이 힘들면 영어 할 줄 아는 한국, 베트남 직원들에게 부탁하기도 했어요. 초반엔 많이 힘들었죠. 지금은 일할 때 반복해서 사용하는 말이나 전문 용어들이 많아서 비교적 업무 소통은 잘되고 있어요. 같이 일하는 직원이 똑똑해서 제가 뭘 말하고자 하는지 다 알아요. 사실 영어든 베트남어든 여전히 번역기는 필수랍니다.

**독자** 외국에서의 삶이 좋은 날만 있지 않을 거라 짐작합니다. 어머니만의 생활 기준이 있었을까요?

마음가짐에 대한 질문일까요? 일이나 생활 면에서 힘든 건 한국에 있을 때와 똑같은 것 같아요. 어디에서나 힘들다고 바로 그만두고 나갈 수 없으니까 잘 버텨보려고 노력해요. 그러다 보면 스트레스가 쌓이기도 하는데 혼자서 웹툰이나 소설을 읽으면 마음이 괜찮아져서 스트레스가 풀려요.

다른 동료들은 주말에 기숙사에 있으면 연장근무 같다고 싫어하는데 저는 이렇게 혼자 시간을 보내는 걸 좋아하는 사람이더라고요. 때때로 가족들이 보고 싶어 외로울 때도 있지만, 뭐 어쩔 수 없죠. 견뎌야죠. 포기할 만큼 힘들지 않으면 견디는 게 제 마음가짐인가 봐요.

**독자** 베트남에서 제일 힘들고 외로운 순간이 있었다면요?

외로운 건 몸이 아플 때. 마음이 힘든 건 가족들에게 경조사가 생겼는데 가보지 못할 때였어요. 코로나 때 큰형부의 장례식에 갈 수 없어서 많이 미안하고 외로웠어요.

이곳 생활 초반에는 그런 시간을 어떻게 흘려보내야 할지 몰랐는데 요즘은 사원으로 풍경 소리를 들으러 가요. 베트남에서 자라는 나무들은 한국에서 자주 보는 종류와는 다른데, 그 사원은 소나무 숲으로 둘러싸여 있어서 한국에 온 듯한 기분이 들거든요. 풍경 소리를 들으며 잠시 쉬다 와요.

**독자** 한국으로 돌아오실 계획이 있나요?

처음 왔을 때는 2년만 있다가 가려고 했는데, 1년도 안 되어

코로나가 터졌어요. 국가가 봉쇄되고 어영부영 시간이 흘렀지요. 그 사이 한국 시장 사정도 어려워져서 '조금만 더 일하고 돌아가자'를 반복하다 보니 기약없이 길어지고 있네요. 한국에 있는 동료들도 거기서 할 수 있을 때까지 버티라고 하는 사정이라. 당장으로서는 귀국 시점이 기약 없답니다.

**연재 만화 독자님들 중에 댓글로 현재 워킹맘으로써 엄마에게 감정 이입해서 보셨다는 분들이 많았어요. 그분들께 한마디해주실 수 있나요?**

말을 꺼내는 게 조심스럽지만, 혹시나 가족들에게 죄책감을 갖고 계시다면 너무 그러지 않았으면 좋겠다고 꼭 말하고 싶어요. 아이들이 어렸을 때, 저도 늘 미안해했던 시절이 있었어요. 어느 날은 "다른 친구들은 학교 끝나고 집에 가면 엄마가 반겨주는데 나는 왜 집에 아무도 없어?"라고 하더라고요. 그 말이 참 아팠어요. 그렇지만 어쩔 수 있나요. 일을 그만두면 당장 생활비도, 애들 교육비도 없는데. 일도 할 수 있고 아이도 돌볼 수 있으면 좋겠지만, 둘 다 할 수 있는 문제는 아니니까요. 애들이 엄마 마음을 알아줄 거야 생각하고 버텼던 것 같아요. 그러다 보면 애들도 오히려 집에 엄마가 없는 걸(?) 좋아하는 때가 오더라고요. 하하.

내가 열심히 살면 애들이 뿌듯해하지 않을까 생각하며 그 시절을 버텼어요. 그리고 실제로 시간이 지나고 나서 아이들이 그렇게 생각해주니 고마웠어요. 또, 일할 때 느끼는 성취감도 삶에서 중요한 것 같더라고요. 물론 어떤 선택을 하시든 존중하고 응원하고 싶어요.

**독자**  그래 작가님은 엄마가 보고 싶을 때는 언제인가요? 엄마를 따라 베트남에서 살아볼까 생각한 적 있나요?

우선, 저와 함께 사는 강아지들이 있어서 베트남에서 엄마와 살고 싶다는 생각은 한 번도 해본 적 없는 것 같아요. 지금 당장 귀국 일정은 없지만, 엄마는 언젠가 돌아오실 계획이기도 하고요.

그래도 엄마가 자주 보고 싶어서 전화나 영상 통화를 자주 해요. 가끔 친구들이 엄마가 해준 반찬 얘기할 때면 부러워서 더 보고 싶어져요. 엄마한테 챙김을 받는 그 기분을 이 나이 먹고도 그리워하는 스스로가 좀 웃기기도 하지만… 저 위에 인터뷰

속 "다른 친구들 집에 가면 다 엄마 있어"를 말한 어린이가 저였거든요. 나이 들어도 똑같죠…? 머쓱…

**독자** 어머니와 떨어져 살게 된 뒤, 작가님의 삶에 크고 작은 변화가 어떤 게 있었나요?

 여러모로 변화가 많았어요. 첫 번째는 독립할 마음을 먹게 된 거예요. 그전에는 엄마가 걱정되는 부분이 있어서 독립할 생각을 못 했어요. 엄마를 두고 나온다고 생각했던 것 같아요. 그런데 엄마가 먼저 베트남에서 자리를 잘 잡고 안정이 되니까, 비로소 저도 본가에서 독립할 수 있겠더라고요.

다음으로는 엄마에게 적당한 마음의 거리를 둘 수 있게 된 점인데요. 제가 아주 오랫동안 엄마와 저를 동일시했던 걸 이 작품을 그리며 깨달았어요. 그에게 무슨 일이 생기면 제겐 더 큰일이 생길 것 같았고, 그게 결코 건강한 관계는 아니었죠.

엄마와 물리적으로 떨어져 지내고, 그가 단독자로서 잘 지내는 모습을 지켜보는 과정에서 저와 엄마를 온전한 다른 사람으로 분리해 볼 수 있었어요. 물리적으로나 심적으로나 독립할 수 있었던 계기가 된 것 같아요.

## 엄마만의 방

© 2024

**초판1쇄**  인쇄일  2024년 6월 11일
**초판1쇄**  발행일  2024년 7월 5일

**지은이**  김그래
**발행인**  이지은
**마케팅**  전준구
**디자인**  송윤형
**제작**  제이오

**발행처**  유유히
**출판등록**  제 2022-000201호 (2022년 12월 2일)
**ISBN**  979-11-93739-07-5  03810